KB037502

# 어둠에 대한 통찰

신춘희 시조집

# 어둠에 대한 통찰

Sijo Poems by Shin chun hee

동학사

■ 시인의 말

깨끗하게 늙자

시조時調도, 인생人生도

어둠과 그늘을 관통하는 처절한 통찰의 수확물도

추하거나 부끄럽지 않게 수습하자

참회록을 쓰듯이

새기다, 가자

2022. 7.
신춘희

# 어둠에 대한 통찰 신춘희 시조집



## 01



## 02

# 03



# 04

# 01

# 헌법

대한민국의 주권은 국민에게 있고,

모든 권력은 국민으로부터 나온다

문장이 아름답지만

꽃필 수 없어,

슬프다

# 울음에 대하여

그러고 보니 제대로 울어본 적 없다

살면서 울음에게 자유를 준적도

원 없이 울다 지쳐서 혼절하게 한 적도 없다

권한을 준 적도, 혼의 뿌리를 뽑게 한 적도

눈물의 홍수에 휩쓸리게 한 적도 없다

그 어느 평론가의 말처럼 슬픔을 공부한 적도 없다

울음의 근원인 슬픔은 어디서 오는가

죽음인가, 생인가, 생사의 경계인가

고통을 거쳐서 발화되는

너여, 너여, 울음이여

# 핸드폰 꽃소식

매화가 터졌소

퍼뜩 댕겨 가소

근심은 놔두고 신 처사, 몸만 오소

향기가 아주 짠하요

보살도 같이 오소

우수雨水 지나서 한 말씀 받았다

스님이 송신해주신 귀하디귀한 남도 소식!

잘됐다, 심신이 늘어졌는데

가서, 향기 맞고 오자

# 손익계산서

잠깐 사이에 수습된 뼈들이 돌아왔다
여든 일곱 처 외숙을 증명하는 나무상자
혼백의 손익계산서가 한 줌의 가루다

돌아가며 안아보고 다시 또 건네는
낯익은 얼굴들의 심연 같은 무표정
어디서 어디까지가 진심이고 가심假心일까

무룡산 정상에서 정자 바다를 향해
무소유로 돌아온 처외숙을 뿌려준다
하얗게 나비가 되어 날아가는 한 생애

# 강진 기행

'모란이 피기까지는'는 영랑의 대표 시

천지에 바람은 자고, 고요는 깊어서

불면을 제대로 독파하려고

모란에, 집중한다

그리운 이에게 갈 수 없어 달은 뒤척이는데

벙그는 모란은 자의식이 강한 영혼

울컥은 아득도 하여라

나, 죽을 것 같아

# 창窓

내다보는 곳으로만 창을 알고 있었다

요즘은 들여다본다, 하늘호수 보듯

침묵의 흐름 속에도 결결이 울음이다

시간이 덮고 있는 먼지의 상처들도

소리로 옹이가 져서 속살이 투명하다

덤으로 사는 생들의 사계절도 보인다

가난을 부양하는 한 사내의 후반기가

햇살로 뒤척이다 사과처럼 익는 저녁

투명한 철학자 한 분이 요즘 내 스승이다

# 살구꽃 그늘에 앉아

하나뿐인 생인데 이렇게 사는 것이

진정 옳은 것인가, 아니면 그른 것인가

가난아, 시 쓰는 내가 한심하지도 않느냐

두 눈은 침침해도

마음 환해지는 것,

살구꽃 그늘에 앉아 깨닫는 요즈음

느리게 살지 못한 죄

뼈가, 문득 시리다

# 소

평화스럽게 남실대는 풀밭이 좋다

종일을 되새김질하며 식감과 논다

초록을 너무 사랑해 뱃속도 풀밭이다

# 우리, 작천정 가자

사는 게 힘드니? 방법을 찾자

사랑할수록 허기지는, 애틋한 그대여

우리는 연인이잖아, 궁리를 하자

웃을 때 그대는, 여자 부처님 같아

눈은 수줍게 숨고, 입술은 조숙해

슬며시 손을 잡으면 심장이 쩔쩔 매지

그대여, 오늘 우리, 작천정, 가자

농밀한 벚꽃이 죽어라 한창일거야

저마다 정처 없을 거야, 우리도 정처 없자

# 피아노 독주

1

그림자로 저문다 사무치는 나무들

굽이치는 풀잎들 휘어지는 꽃대들

저녁 바다로 가서 노을이 되는 음파들

수면에 주름일 듯 파도치는 포말들

피아니시모로 튀는 건반의 손가락들

귀들이 늪에 빠지자 가빠지는 숨결들

2

검은 허공을 맨발이 가고 있다

미운 오리새끼 같은 흰 정장의 여자

오월은 신록을 쓸어내리며 매무새를 고친다

# 고독사孤獨死

2년 여간 방치됐다, 의자에 앉은 채로
영혼만 승천하고 미이라로 굳은 시신
언론에 보도됐을 때 가족은 찾지 않았다

창밖 세상을 보며 거실을 지키면서
살과 피가 몸에서 바닥이 날 때까지
기다린 그리움은 누굴까, 감지 못한 두 눈

이것은 비극인가, 아니면 희극인가
고독이 살기 위해 생명을 먹었듯이
사자死者는 가족을 먹으며 영생을 꿈꾸었을까

# 아들

비가 추적 올 때나 눈이 소복 내릴 때

그 속에, 네가, 와 있을 것만 같을 때

지구에, 살아 있다는, 사실이 죄스럽다

스무 살의, 순결한 기척 같아서

폭발하는 감정 누르며 너를 맞다가

허망한 주책 같아서 주저앉아 펑펑 운다

너의 할아버지처럼 굽은 등만 보여주고

가슴 내 준적 없다고 홀로 먼 길 떠났냐

아들아, 하느님의 어린 양, 불멸의 사랑아

이렇게 호명한다고 살아 올리 없건만

그래도 보고 싶구나, 느끼고 싶구나

별로서 반짝이고 있거라, 머지않아 갈 테니

# 도도새의 교훈

긴장이 없는 평화는 날개를 퇴화시킨다

자유에 탐닉하다가 날개를 망각한

인도양, 모리셔스 섬의 도도새를 기억하라

기억하라, 낙원이 좋은 것만은 아니다

날지 않으면 아름다운 날개를 잃는다

도도는 바보라는 뜻, 그들은 멸종했다

# 신문에서 읽었다

천막용 천을 접어 임시 제단 차리고

모래가 담긴 일회용 종이컵에

싸구려 향을 피우고 사람들이 모였습니다

영정사진 대신 놓여진 액자에는

–근조 대한민국 소상공인 · 자영업자

외롭고 고단한 글자들이 모여 있었습니다

가난한 이들을 추모하는 제단에

가난한 사람들이 문상 다녀가고

또 다른 가난한 이들이 그 뒤를 이었습니다

삶의 벼랑에 몰려 극단적 선택을 한

가엾은 이들의 제단에 비겁한 정치인

권력에 눈 먼 자들은, 그림자조차 없었습니다

미쳐서 날뛰는 대선 예비주자들은

국민의 행복을 돈으로 책임지겠다며

게거품 하얗게 물고 표밭만 찾아다녔습니다

-청와대가 재난의 콘트롤 타워다!

출범 당시 국민을 감복시켰던 대통령도

그 즈음 도망치듯이 유엔총회로 떠났습니다

국민은 죽겠다고 아우성 치는데

BTS 병풍 세워 종전 선언 제안하고

찰카닥 사진 찍어서 치적으로 남겼습니다

이래도 되는 겁니까, 이게 나라입니까

한반도 종전선언보다, 남북통일보다 중한 게

서럽게 죽은 이들의 문상과 위로 아닙니까

정신 바로 박힌 나라의 선량이라면

만델라 그림자라도 밟고 싶은 지도자라면

제단에 무릎 꿇고서, 대성통곡했을 겁니다

-나라다운 나라, 국민이 행복한 나라?

더 이상 거짓말로 장난치지 마십시요

희망을 결집하면서 진심들과 연대하겠습니다

# 02

## 장편掌篇

약국, 폐지더미 앞에서 팔순의 할머니가

쪼글한 두 손 모으고 합장합니다

오늘도 무사無事할 것 같다고

그분께

감사하다고

# 한참을, 울었다

청탁이 오지 않아서 시집을 펴낸다

시들에게도 깃들어 살 집이 필요하니까

절망에 옹이가 박히니

절절함도, 깊어라

부질없다 중얼거리며 주소를 옮겨 적다가

영혼이 너무 맑아서

애틋한 내 새끼들…

가슴에 꼬옥 껴안고

한참을, 울었다

# 막걸리

막걸리는 나에게 거룩한 음식이다

극락으로 데려가는 유쾌한 마약이다

좋구나, 다정한 천사여

거룩한 성자여

몸에 칼을 대면서 즐거움을 잃었다

무산자의 천진무구를 누릴 수 없게 됐다

가난한 시로써나마

막걸리를, 찬撰한다

# 닭

옴짝달싹 할 수가 없는 좁은 케이지
A4용지 크기가 거주 공간이다
조명을 견디다 못해 잠은 몸을 나갔다

사는 동안 직무는 기계처럼 알 낳기
스트레스 덩어리를 끝없이 출산하기
목표에 닿지 못하면 그 즉시 폐기처분

둥지에서 지식을 품어 본적이 없고
가려움을 털어내는 모래찜질도 모른다
하얀 방, 검은 감옥에서, 죽기 위해 버틸 뿐

# 비정규非正規

식탁에서 보글보글 찌개가 끓은 동안

그이는, 오지 않고

나는, 초조하고……

다 왔어, 곧 도착할거야

풀이 죽은 그 음성

사랑은 아무리 쏟아 부어도 갈증이 나서

귀를 열어두고 벽에 붙어 잠들지만

자정을 건너서 맞는

발소리, 두렵다

## 우산雨傘

같이 쓰면 젖지만 그래도 같이 쓰자

바깥 어깨는 젖어도 안쪽 어깨는 따뜻해

더 이상 욕심낼 일 없다, 온기라도 나누자

곰곰이 따져보면 사물은 젖는 것,

바깥은 슬픔으로 안쪽은 사랑으로

젖어서, 촉촉해지면, 신의 은덕이라고 하자

취하고 포기하고 힘 빼야 하는 것들과

멀어진 관계를 뭉클로 복원하면서

우산은, 오지랖 넓다, 진심을 가르쳐서

# 찻집 다정多情에서

파란 탱자나무 울, 푸성귀 같은 풀밭

신록을 배경으로, 사람들은 차를 마시고

여성지 탐방하거나 클래식에 젖어있다

창밖은 서정적,

　　　　창안은 서사적

화사한 블라우스로 성장한 햇살들

물오른 연인 한 쌍이 나무벤치에 피어 있다

# 박꽃, 환한 밤

아 차거, 앗 차거!

자기야, 왜 이래?

어머, 어머, 어머, 어머

알았어, 알, 았, 어……

우리는 만월滿月이 됐습니다

박꽃, 환한 밤

# 저녁 밥상

아들아, 정치 얘기는 빼고 밥 먹자
저녁 식탁에서는 이념도 휴전이다
밥맛에 집중할 시간이니, 평화를 유지하자

부모와 자식이 다투다
입에 자물통 채우고
한반도, 좁은 구석으로 개, 닭 쫓듯 해서는
통일은 잠 속의 호접몽이다
밥상부터, 평정하자

# 해운대에 와서

그동안 파도소리 깊이 생각한 적 없었다

종일 뒤척이면서 철썩이는 이유와

포말로 피었다 지는 행위에 대해서도

바야흐로 계절은 무르익은 봄인데

가을을 앞당겨 근심에다 쓰고 있다

세상사 시시비비가 발아래 지천인데

바닷가에 서 보니 삶과 죽음의 길에

곧은 길 없음을 뼈저리게 느낀다

가슴이 읽는 파도소리가 편편마다 다르다

# 개뿔이다

뼈만 남았다

내 친구, 덕균이

근 6개월 만에 폐허가 됐다

그 누가 착한 저 우주를 채굴한 것일까

작은 미동에도 가랑잎처럼 바삭거린다

손을 잡으니 으스러질 것 같다

웃으니 눈물이 울컥

인생 참, 개뿔이다

# 누이의 뜨게질

그해 겨울은 만조滿潮였다. 누이의 가슴은
매제의 부고가 황망히 당도하던 날
뜨다만 쥐색 스웨터의, 털실 코만 만지작거렸다

감았다, 풀었다, 당겼다, 움켜쥐었다
털실의 긴장과 정면 대결 하면서
충격을, 눌러 참으며, 해일을 밀어내었다

함박눈 눈물겨운 밤, 혀를 깨물면서도
기어코 수국을 피워내는 독한 손
바늘 귀, 나락 속으로, 신혼이, 흘러갔다

사지가 기진맥진, 새벽에 당도해서

포말로 수습되는 무채색의 털실 바다

봉곳한, 누이의 눈물은, 영락없는 불사리였다

# 나, 연필세대여!

돼지털? 광고하던 그 할마시 있쟈?

요즘 내 처지가 바로 그 짝이다

간만에 은행 갔는디, 은행이 사라졌어야

디지털 시대라면서

컴퓨터나 휴대폰

그 이상한 기계로 세상을 살라고 하니

미치고 환장 하겄다

나, 연필 세대여!

# 어둠에 대한 통찰

-신문에서 읽었다

어둠 속을 걸었다, 공포 속을 걸었다

살기 위해서, 살아남기 위해서

걸었다, 안전한 곳이, 어디인지도, 모르면서

제국의 영광을 되찾겠다는 러시아

공격의 다음 타깃은 자신들이라는 폴란드

속국이 될 수 없다는, 내 조국 우크라이나

그런데 지금 나는, 도망치고 있다

본능이 시키는 대로 안락을 좇다가

알량한 자존마저도, 다아 내주게 생겼다

아이들에게 전쟁을, 경험하게 하고

피란의 당혹과 치욕을 안겨주고

조국의 푸른 산하에 씻지 못할 죄 짓게 됐다

20시간 넘게 걸어서 힘들게 도착한

우크라이나 서쪽과 폴란드 동남쪽

삼엄한, 국경에 접한, 메디카 국경검문소

도착했으나, 쫓기듯 다시, 이동해야 한다

"폴란드 난민 집결소로, 떠나실 분들

서둘러 버스에 오르시오, 시간이 없소"

아아, 이 순간부터 조롱 속 카나리아처럼
노래를 잃거나, 떠도는 보트 피플
아니면 뿌리가 없는, 부평초로 살아야하나

어쩌다 평화가 산산조각이 났을까
선택의 권리마저 묵살당한 전장에서
파괴가 전하는 충고가 회초리보다 아파라

팔레스타인의 시인은 울면서 노래했지
-나라를 잃은 자, 천하에 제 무덤도 못 가진다
명치에 비수로 와 꽂히는, 슬프디 슬픈 시

수도 키예프여, 시민인 나부터, 비겁했다

이웃의 누군가는 탱크에 몸을 던지는데

비겁에 정신을 빼앗겨 국경을 넘다니

차창을 스쳐가는, 하늘아, 들판아

꽃들아, 새들아, 나를 증오하면서

뼈에다 '우국'이라는 말, 편자처럼 박으련다

사우스 코리아의 초대 대통령이었던가

–뭉치면 살고, 흩어지면 죽는다

어쩌면 그 호소야 말로 국시國是가 아니었을까

부끄럽지만, 나와, 사랑하는 내 가족은

자유와 행복과 웃음을 박탈당하고

어둠 속 습지식물로 생을 마감할지도 모른다

그보다 당장의 내가, 너무 두렵다

시한폭탄이 되어 어딘가로 던져졌는데,

버스는 달려가는데, 파국을 향해 가는 듯해서

# 03

# 포기

애비야, 니 지금 그걸, 말이라꼬 주께나

사업 몇 번 엎었다고, 인생 뭐, 어째?

포기는, 배추 숫자 셀 때나

쓰는, 말이여-!

# 수업修業

젊은 날엔 꽃가지 꺾어 그녀에게 안겼고,

결혼해서는 꽃 따서 아내 머리에 꽂았다

지금은 드려다 본다

아니, 바라다 본다

나이 드니 알겠네, 산다는 것은 결국

자신을 비우면서 소유하지 않는 것,

뒤에 올, 누군가를 위해

꽃 꺾지 않는 일

# 명창名唱 김일구

계곡 폭포에서 소리도 질러보고

백일 간 걸러낸 똥물도 삼켰으나

득음은 오지 않았다, 캄캄한 절망이었다

초조를 내치고 세월과 놀아주니

막힌 목 트이며 적벽이 벼락치데

피울음 솟구쳐 올라 한 경지가 열리데

고수야, 북채 잡아라, 한판, 놀아보자

듣는 이들 가슴팍 죄다 허물어버리자

끝내는 나도 빠져서 무아에 들어보자

# 백석의 수선화

때마침 수선화가 남녘에 피는 계절
그녀는 나의 그녀가 되지 못하고
친구의 그녀가 되어 고향을 떠났습니다

이별의 뒷모습이 사랑보다 아픈 것은
풀잎 끝에 맺힌 둥근 이슬만큼이나
애간장 아슬히 조이는 조바심 때문입니다

통영은 그리운 만큼 경성서 먼 항구
노오란 수선화가 쪽빛 바다로 지면
골수에 병을 얻은 나, 자폭할 것도 같습니다

# 말총을, 아시는가

비무장이라는 말은 애시당초 없다

인구가 늘어나면, 그 숫자만큼 자연스레

총으로 무장하는 것이 인간사의 이치다

입속에 장착한 총, 말총을 아시는가

적대감 증폭될수록 치명적 독이 되서

대포나 전투기보다, 핵보다도 무서운 총

어느 마음 쓰느냐에 따라 관계가 순해지듯

말총도 잘 써야 소란이 잦아진다

그러나 총 관리 못해서, 세상은 늘 시끄럽다

# 목공木工

단아한 격조를 품은 나무로

소박한 수제 차탁을 만든다

그 무늬, 그 속살 그 숨결이 모두 다 자연이다

나무의 표면에는 풍류를 입히고

나무의 내부에는 고전을 드린다

차 한 잔 받치듯 올려 중심을 잡는다

# 제주 옴팡밭

제주 북촌에 울려고 찾아간다

거기 돌밭에 아이들 무덤이 있다

이름을 받기도 전에 떠난 영혼들의 집이다

비극을 증언처럼 품은 옴팡밭

노란색 깃발들로 담을 친 유채꽃

세월은 색이 바래서 허무로 옹이 졌다

심금에 못을 박듯 바람이 부르는 진혼곡

한 맺힌 주술인가,

각성의 당부인가

현무암 무덤 속에서 억장들이 묻고 있다

# 성파性坡

정부도 바뀌는데 절집도 바뀌어야죠

나부터 바뀌어야죠

너부터가 아니고

나부터 바뀌어야죠

나부터

나부터

# 모자

한 지방 인사의 사각 영정 앞에서

예의의 상징인 모자를 벗는다

국화꽃, 제단에 올리고, 무심無心도 얹는다

머리 숙이고

두 손 포개고

삼가 조의弔意를 표한다

시대를 풍미한 사자死者는 모자를 쓰고 있다

# 가지산

죽을 곳을 찾아서 산에 들어왔으나

단풍이 절정이라서, 물소리 너무 맑아서

나 차마, 죽을 수 없네

죽을 이유 잊었네

어디다 고적한 나를 그늘처럼 뉘일까

드넓은 하늘은 쏟아질듯 파랗고

정갈한 바람의 촉수는 폐부를 흔드는데

기어코 살고 싶다, 죽을 힘 다해서

새소리에 취하고 구름에 머리 젖듯

정신에 단풍물 드니, 죽을 마음 하나도 없네

# 고래의 꿈

늘씬한 줄무늬의 밍크고래 한 마리

그물에 걸려서 바다를 벗어났다

육지에 오르는 방법이 죽음 밖에 없었다

바다의 로또라고 언론은 보도하지만

아, 행복하다, 고향으로 돌아와서

젖빨이 동물의 꿈은, 육지에서 죽는 것,

# 할머니의 교육법

봐라, 창식아, 저것이 쇠뜨기이고

조오기 돌담 밑 풀은 한해살이 환삼덩굴이다

그리고 가만 있어보자, 옳지, 이건 씀바귀

순자 할매 일찌감치 현장 교육 납시었다

서울서 내려온 손주를 앞세우고

치도곤 애를 먹이는 것들만 찾아다니신다

그동안 박절하게 내치던 초록들

대놓고 미워해도 기죽지 않는 극성들

저것들, 통성명시키며 표정이 진지하시다

# 줄

마스크를 사기 위해 줄을 서는 것은
생명의 구제와 공공의 질서인데
하나도 즐겁지 않다, 은근히 불편할 뿐

자유민주주의 체제의 시민을 포기하고
사회민주주의 체제의 인민이 된 것 같아
이탈을 도모해볼까, 생각을 부추긴다

줄을 선다는 것은 나를 강제하지만
상호 배려와 신뢰의 합의이기도 한데
배급소, 앞에 서 있는 듯한, 참담한 이 기분

뱀의 허리 같은 기인 줄이 낯설다

놓치거나 이탈할까봐 살짝 겁도 난다

존엄을 압수당한 채, 끌려나온 당혹 같아서

# 그들은 누구를 위하여 총을 드는가

-신문에서 읽었다

군 관계자가, 어느 날, 협동농장 찾아와

외아들 막심 카니진의 전사통지서를 전하자

어머니 루듀밀라는, 그 자리에서, 혼절했다

스물두 살 생일을 이틀 앞둔 날이었다

외할머니가 물었다, "아이는 언제 돌아오죠?"

"작전이 끝날 때까지 유해를 데려올 수 없어요"

가족은 마을 묘지에 묏자리를 마련해 뒀지만,

막심의 시신은 전선에서 기약이 없다

또 다른, 누군가의 부고만, 고향으로, 송부될 뿐

급박한 그 시간에도 영문조차 모른 채

징집돼 실려 가는, 짐짝 같은, 젊은이들

전선에 부려졌을 때 얼마나 참담했을까

우쿠라인들은 조국을 위해 총을 들지만

소련의 내 새끼들은 누굴 위해 총을 드는가

말하라, 위정자들아, 누가 누구의 적인가

수많은 어머니, 루듀밀라의 절규 앞에서

쌓이는 것은 피울음 뿐, 푸틴은 말이 없다

누구도 대답이 없다, 전능하신 신마저도

황급히 떠났다 전사통지서로 귀환하는
싸늘하고 냉정한 최후의 통첩 앞에서
그 무슨 위로의 말로 영혼들을 달래주나

그래도 부고로나마 돌아온 것이 어디냐고
자신의 스물한 살 아들은 40일째 무소식이라며
당신은 복도 많다고, 중얼거리는 어머니

비극도 이런 비극은 감당하기 어렵다
이 악물고 받아 적다, 그만 펜을 던지는
기자는, 무기력하다, 저 어머니 통곡 앞에서

인간도 아니다, 극단의 속수무책 앞에서

손가락으로 눈 찌르고, 귀에 말뚝 박고 싶다

가슴에 무덤을 파고, 시체로 눕고 싶다

# 04

# 컵

지금 내가 마시는 이 유리컵 속에는

내설악 한 채가 단풍으로 녹아있다

식도를 타고 흐르는 천불동 계곡 물소리

# 동백꽃 보고서

온유하나 급진적이다

옳고 그름이 분명하다

스스로 참수에 드는 황홀한 자폭

서릿발, 붉은 향기가 무섭도록 단호하다

바닥에 나뒹굴면서도 두개골 수습해서

하얀 눈밭에 낙관 찍듯 박아 놓고

겨울의 최전선에서

그 너머를, 꿈 꾼다

# 권진규

흙으로 영혼을 빚다가 자신의 영혼을

빼앗긴 사람이 있다

조각가 권진규

죽음도 생이 있다는

그 비밀을 알게 돼

신은 용서할 수 없어 후생後生마저 거두어 갔다

첫사랑은 그에게 바보라고 외쳤다

직관에 저항하다가

폐허가 된, 천사

# 노포老鋪 풍경

시간이 정지한 시대극의 세트 같다

깨진 타일 바닥과 체크무늬 식탁보

벽에는 흑백사진이, 조을 듯 걸려있다

구형 조명등과 선풍기, 금전 등록기

금이 간 찻잔은 춘곤증에 빠져 있고

팔순의 노인 내외는 자장면을 먹고 있다

# 목탄화

비 개인 오후, 고물상 고철더미
틈새를 빠져나온 고양이 새끼들
햇살을 뒤집어쓰고 고물고물 정겹다

고물상 건너 2차선 도로변에
술빵처럼 부풀어 오른 어미 고양이
햇살이 구더기처럼 오글오글 바쁘다

# 녹수청산綠水青山

야야, 적폐가 뭐꼬? 적을, 패란 말가?

눈만 뜨면 적패 청산, 참말로 신물 난데이

그렇게 죽자고 패봐라, 민심만 흉흉하지

힘을 실어줬더니 환장들 했는 갑다

서민의 한숨, 달래줄 생각을 해야지

청산도 녹수청산이 좋지, 적폐청산, 아이다

# 청와대青瓦臺

가시면류관을 쓴 극한의 나사렛 예수도
저 집은 거부했을 것이다
몸에 맞지 않아서
차라리 골고다를 오르는
십자가를 질망정

국민의 지지를 받아 입주한 대통령 중에서
그 누구도 환대 받으며 퇴거한 적이 없다
문패를 흑와대로 바꿔야
어울리는, 푸른 집

# 생각만 해도 슬프다

만약에 내 사랑

대한민국이 없다면

내 시詩는 무국적자

떠도는 난민難民

죽어서 영혼마저도

돌아갈 곳 없으리

# 금환식金環蝕

검은 밤, 검은 가등

검은 길

검은 그림자

가락지 가장자리를 환하게 태우는 하늘

풀벌레, 악기 끄는 소리가, 무겁게 지나갔다

…………………………………………

…………………………………………

검고도 검은 공원 숲

검은 아파트

검은, 방

# 딸기 농원에서

애틋한 날의 추억은 불현듯이 오지요

무지개다리를 건너는 미물의 생이거나

발소리 남기지 않는 새들의 비상이거나

자, 손님, 드셔보이소

단물이 터질 듯한,

우주 한 알! 입에 물고, 가만히 으깨 보소

달그레, 새곰한 황홀은, 신의 눈물이라오

# 공부

이북 출신인 아버지가 냉면집에서
구두를 벗고 방으로 들어가시는데
무심히 뒤를 따르다 잠시 주춤했습니다

아버지보다 더 고단하게 살았을
구두가 불끄러미 쳐다보는 듯 했습니다
아들인 나보다 당신을 더 사랑한다는 표정으로

가슴 철렁해서 방문에 몸을 기대고
아버지와 구두를 번갈아 바라보았습니다
저것이 관계의 근본임을 깨닫는 순간이었습니다

# 아프칸 소녀의 눈

저 어린 눈에 맑은 것만 담겨야 하는데
이를테면 꽃, 나비, 새, 나무, 아이들
사랑이 뚝뚝 흐르는 엄마의 표정 같은 것,

그런데 저 어린 눈은 소총과 탱크
낡은 군복의 병사와 폭발한 지뢰
파리 떼 자욱한 시체들을 슬프게 담고 있다

순수로 출렁거려야 할 저 어린 눈
에메랄드빛 호수에, 투명 유리창에
그 누가 공포로 가득한 무표정을 심었나

소녀는 호소한다, 가난해도 좋으니

타국 아닌 조국의 산하에서 살면서

밤하늘 쏟아지는 별들을 눈에 담게 해달라고

# 소나기

하늘은 푸르고 깊어서 조금은 슬픈 호수

내생來生을 꿈꾸는 것들은 어김없이 저곳으로 간다

살아서 가지 못하고

죽어서, 간다

새들은 오늘도 누군가의 영혼을 물어 나른다

구름의 세례를 받아야 별이 되는 것들

머잖아 천둥 번개 물고

소나기, 쏟아지겠다

# 뜻대로 하소서

-신문에서 읽었다

생명의 주인이신, 하느님 아버지

오늘만 총이라는 쇠붙이를 들게 하시고

적에게, 두려운 방아쇠를, 당기게 하소서

그 순간 저들은 사람이 아니라

사격장의 과녁으로 보이게 하시고

덧없이 쓰러지더라도 자책하지 않게 하소서

있어야할 곳에 저희를 있게 하시고

그 어떤 불의에도 두렵지 않게 하시고

'슬라바 우크라이니!'*를 암송하게 하소서

---

* 우크라이나에 영광 있으라

죽을 권리를 쉽게 허락하지 마시고
증오마저 사랑으로 포근히 감싸
저들의 가슴 안쪽부터 온기가 들게 하소서

쇠붙이를 드는 동안 저희 손은 죄 짓는 손
그러나 차마 미워할 수 없는 손이니
포성이 멎는 날까지 무한용서 하소서

자유도 때로는 피로서 지키지 못하면
손가락을 빠져 나가는 모래알 같은 것,
끝없이 성찰하면서 잊지 않게 하소서

숨 쉬며 사는 지상의 모든 것들

꽃으로도 때리지 말라, 간구하신 하느님

저희는, 우크라 국민입니다, 뜻대로 하소서

폐허에서 발굴한 언어의 주권

이정환(시인)

# 해설

# 폐허에서 발굴한 언어의 주권
## -그 너머를 꿈꾸는 시조로 쓴 생명론
### - 신춘희론 -

이정환(시인)

1.

시인은 언어로 세계를 이해하려는 존재다. 그러므로 늘 꿈을 꾼다. 마음 깊이 품고 있는 어휘로 항시 "그 너머"를 꿈꾼다. 신춘희 시인은 시조집 『어둠에 대한 통찰』을 통해 "그 너머를 꿈꾸는 시조로 쓴 생명론"을 펼쳐 보이고 있다.

이 시대의 어둠은 어디로부터 비롯되는 것일까? 시조쓰기가 삶과 세계에 대한 한 대응방식이라면, 대응방안으로 여전히 유효하다면 어떻게 대처해야 옳을까? 물론 이러한 문제제기는 결국 시인 각자의 가치관이나 태도 혹은 세계관에 의해서 편차를 보일 것이다. 신춘희 시인이 2022년에 작정한 창작의 주안점은 "어둠에 대한 통찰"이다. 이를 통해 개인적 상상력과 사회적 상상력의 혼융 속에서 또 한 권의 시조집이 세상의 빛을 보게 된 것이다. 시인은 이번 시집 서문 "시인의 말"에서 참회록을 쓰듯이 새기다가 가기를 염원하고 있다.

주지하다시피 세계는 그칠 줄 모르는 야욕으로 가득 차 있다. 한 개인이나 연약한 국가로서는 도저히 감당할 수 없는 일이다. 우크라이나 사태가 그것을 잘 말해주고 있고, 북한이 우리의 안위를 늘 위협하고 있는 것만 봐도 잘 알 수 있다. 시인은 보통 사람들보다 더 예민하게 모든 정황을 예의주시한다. 그런 후 시조라는 정형의 그릇에 오롯이 담기 위해 심혈을 기울인다. 그리하여 시인은 추하거나 부끄럽지 않게 개인과 사회의 존립을 마음 다해 수습하고자 한다.

**2.**

그 너머의 세계는 우리가 가 닿고 싶어 하는 이상향이다. 노력 여하에 따라 이룰 수 있다. 선심을 품으면 가능한 일이다. 그러나 이 땅의 많은 영역에서 악심은 자라고 있고, 그 힘이 횡행하면서 우리의 삶을 어지럽히고 있다. 해코지하려는 자들이 의외로 많고, 야욕으로 불타는 국가 지도자가 적지 않다. 우리는 악의 평범함을 이미 학습한 바가 있다. 그러므로 누구든지 악의 추종자, 악의 선동자가 될 수 있음을 명심해야 할 터다.

모든 웅어리를 글로 다독여 풀어내기 위해 절차탁마에 몰입한 끝에 얻은 그의 영혼의 분신인 작품 세계를 이제 면밀히 살펴보도록 하자.

> 대한민국의 주권은 국민에게 있고,//모든 권력은 국민으로부터 나온다//문장이 아름답지만//꽃필 수 없어,//슬프다
>
> –「헌법」 전문

> 그러고 보니 제대로 울어본 적 없다//살면서 울음에게 자유를 준 적도//원 없이 울다 지쳐서 혼절하게 한 적도 없다//권한을 준 적도, 혼의 뿌리를 뽑게 한 적도//눈물의 홍수에 휩쓸리게 한 적도 없다//그 어느 평론가의 말처럼 슬픔을 공부한 적도 없다//울음의 근원인 슬픔은 어디서 오는가//죽음인가, 생인가, 생사의 경계인가//고통을 거쳐서 발화되는//너여, 너여, 울음이여
>
> –「울음에 대하여」 전문

> 청탁이 오지 않아서 시집을 펴낸다//시들에게도 깃들어 살 집이 필요하니까//절망에 옹이가 박히니//절절함도, 깊어라//부질없다 중얼거리며 주소를 옮겨 적다가//영혼이 너무 맑아서//애틋한 내 새끼들…//가슴에 꼬옥 껴안고//한참을, 울었다
>
> –「한참을, 울었다」 전문

> 평화스럽게 남실대는 풀밭이 좋다//종일을 되새김질하며 식감

과 논다//초록을 너무 사랑해 뱃속도 풀밭이다

-「소」 전문

「헌법」은 특이한 단시조다. 국가통치체제와 기본권 보장의 기초에 관한 근본 법규가 헌법이다. 초장과 중장은 시인이 쓴 글이 아니다. 인용한 것이다. 헌법 1조 1항은 "대한민국은 민주공화국이다."이다. 1조 2항이 바로 "대한민국의 주권은 국민에게 있고, 모든 권력은 국민으로부터 나온다."이다. 그렇다면 굳이 국민이면 누구나 아는 내용을 왜 옮긴 것일까? 덜 것도 더 이상 보탤 것도 없이 완벽한 문장이지만 시인의 눈에는 이 법이 잘 지켜지지 않고 있다고 보았기 때문이다. 그래서 "문장이 아름답지만 꽃필 수 없어, 슬프다"라고 진술하고 있는 것이다. 꽃피울만한데 법을 집행하는 주체들이 합당하게 수행하지 않고 있다는 지적이다. 꽃피울 수 있는 여건은 마련되어 있으나 결국 사람이 문제라는 것이다. 이 점에 일침을 가하면서 시조집 첫머리에 올려놓고 경종을 울린다. 진정 듣는 귀 있는 자는 제대로 들을 일이다.

「울음에 대하여」는 울음이 메말라버린 시대를 살고 있는 한 자아에 대한 성찰이다. 자신의 내면으로부터 자연스럽게 분출된 울음은 카타르시스로서 효용성이 있다. 골방에서 혼자 우는 울음은 참회이기도 하고 자아 성찰이기도 하여 삶의 새로운 전환점이 되기도 한다. "그러고 보니 제대로 울어본 적이 없"음을 자각한 화자는 "살면서 울음에게 자유를 준 적도 원 없이 울다 지쳐서 혼절하게 한 적도 없"음을 깨닫게 된다. 더구나 "권한을 준 적도, 혼의 뿌리를 뽑게 한 적도 없"었고, "눈물의 홍수에 휩쓸리게 한 적도 없"었던 것이다. 그러니까 "슬픔을 공부한 적"이 없었던 셈이다. 이어서 "울음의 근원인 슬픔은 어디서 오는"지 물으면서 죽음인지, 생인지, 생사의 경계인지 알 수 없어서 "고통을 거쳐서 발화되는 울음"을 외쳐 부르고 있다. 너나 나나 할 것 없이 쫓기듯 사느라고 자신을 진지하게 돌아볼 틈이 없는 삶을 살고 있다. 그런 까닭에 내면으로부터 들끓어 오르는 울음은 마음을 다스리고 치유하는 힘이 될 수 있을 것이다. 일찍이 박재삼이 "울음을 울음울리라"라고 노래한 것을 상기하면서 이따금 울음과 진지하게 마주앉아 사유하는 시간을 가졌으면 좋겠다는 생각을 해본다.

「한참을, 울었다」는 「울음에 대하여」와 그 맥을 같이 한다. "청탁이 오지 않아서 시집을 펴"내게 된 것은 "시들에게도 깃들어 살 집이 필요"해서다. 그래서 "절망에 옹이가 박히니 절절함도, 깊어"진 것이다. "부질없다 중얼거리며 주소를 옮겨 적다가 영혼이 너무 맑아서 애틋한 내 새끼들"이라고 불러본다. 내 몸에서 나온 분신은 하나라도 사랑스럽지 않은 것이 없지 않은가? "가슴에 꼬옥 껴안고 한참을, 울"게 만든 시편들로 엮은 시조집이 『어둠에 대한 통찰』이다. 책이 나오면 화자는 책표지 위에 어쩌면 몇 방울의 뜨거운 눈물을 떨굴지도 모를 일이다.

「소」는 단시조로서 군더더기가 없다. 간명하고 간략하다. 더 이상의 생각을 담지 않아도 된다. 담을 필요가 없다. 3장으로 하고 싶은 말을 집약하고 있기 때문이다. "평화스럽게 남실대는 풀밭이 좋"은 것은 비단 소뿐만이 아니다. 사람들 역시 좋아한다. 자연 그대로이기 때문이다. 초록은 눈을 맑게 뜨게 만든다. 정신을 건강하게 한다. "종일을 되새김질하며 식감"과 노는 소는 행복하다. 그래서 "초록을 너무 사랑"한 나머지 소의 "뱃속도 풀밭"이 된 것이다. 그 순간 사람의 뱃속도 이미 풀밭이 되어버린 느낌이 든다. 그것으로 족한 것이다.

옴짝달싹 할 수가 없는 좁은 케이지//A4용지 크기가 거주 공간이다//조명을 견디다 못해 잠은 몸을 나갔다

-「닭」 중에서

같이 쓰면 젖지만 그래도 같이 쓰자//바깥 어깨는 젖어도 안쪽 어깨는 따뜻해//더 이상 욕심낼 일 없다, 온기라도 나누자

-「우산」 중에서

뼈만 남았다//내 친구, 덕균이//근 6개월 만에 폐허가 됐다//그 누가 착한 저 우주를 채굴한 것일까

-「개뿔이다」 중에서

제주 북촌에 울려고 찾아간다//거기 돌밭에 아이들 무덤이 있다//이름을 받기도 전에 떠난 영혼들의 집이다//비극을 증언처럼 품은 옴팡밭//노란색 깃발들로 담을 친 유채꽃//세월은 색이 바래서 허무로 옹이 졌다

–「제주 옴팡밭」 중에서

한때 잠깐이지만 양계 일을 해본 적이 있다. 케이지 안에는 수많은 닭들이 갇혀있었고, 때마다 물과 모이를 공급하고, 생산된 달걀을 조심스럽게 끄집어내어야 했다. 특히 닭똥처리는 굉장히 힘들었다. 맑은 날은 괜찮은데 비오는 날은 절단이었다. 빗물과 섞인 닭똥은 독한 냄새와 함께 마당에 넘쳐흘렀다. 「닭」에서 "옴짝달싹 할 수가 없는 좁은 케이지 A4용지 크기가 거주 공간"이라는 진술은 숨을 가쁘게 만든다. 거기에 갇혀 있는 존재가 자신이라는 느낌마저 들 정도이기 때문이다. 오죽하면 "조명을 견디다 못해 잠은 몸"의 바깥으로 나가버린 것일까? 닭은 그렇게 생명을 이어가다가 머잖아 목숨을 다하게 된다. 사람살이가 과연 이와는 다를까? 달라야 마땅하다. 하지만 닭의 생태환경과 엇비슷한 곳에서 마음껏 숨 쉬지 못하고 사는 이들이 지구촌 곳곳 어딘가에 적지 않게 살고 있을 것이다. 이렇듯 인간다운 삶을 영위하는 일은 쉽지 않다. 케이지 안의 닭이 그것을 잘 말해주고 있다.

「우산」은 공유와 공존의 삶을 노래하고 있다. 화자의 "같

이 쓰면 젖지만 그래도 같이 쓰자"라는 권유의 말에서 그 점을 느낀다. "바깥 어깨는 젖어도 안쪽 어깨는 따뜻"하기에 한 쪽이 젖는 것에 대해 그리 개의치 않는다. "더 이상 욕심 낼 일 없"이 온기를 나눌 수 있는 것이다. 조금씩 손해 봄으로써 공동체의 안녕과 평화는 정착될 수 있다. 따뜻한 인간애가 흐르게 되면서.

「개뿔이다」는 아주 보잘것 없는 것을 비유적으로 이르는 말인데 사는 게 개뿔인 것을 화자는 친구를 통해 절감한다. "뼈만 남았다 내 친구, 덕균이"라는 한 줄로 그가 처한 절박한 상황은 금세 읽힌다. "근 6개월 만에 폐허"가 된 한 사람이 등장하고 있다. 그래서 화자는 "그 누가 착한 저 우주를 채굴한 것일까"라고 의문을 던진다. 채굴당한 몸, 채굴당한 귀중한 한 영혼, 한 우주는 곧 무너져 내릴 듯하다. 그것을 지켜보는 이는 다른 말을 못한다. 자신도 모르게 내뱉는 말이 "개뿔"이다.

「제주 옴팡밭」에서 옴팡밭은 제주특별자치도 제주시 조천읍 북촌리에 있다. 제주 4.3사건 때 아무런 죄도 없이 죽음을 당한 아이들의 무덤이 있는 곳이다. 그래서 화자는 "제주 북촌에 울려고 찾아간다"라고 말하면서 "거기 돌밭에 아이들 무덤이 있"음을 상기시킨다. "이름을 받기도 전에 떠난 영혼들의 집"이다. "비극을 증언처럼 품은 옴팡밭"에 "노란색 깃발들로 담을 친 유채꽃"이 피어 있고, "세월은 색이 바래서 허무로 옹"이져 있다. 그 쓰라린 아픔은 오랜 성상이

지나도 사윌 길이 없는 것이다.

그동안 박절하게 내치던 초록들//대놓고 미워해도 기죽지 않는 극성들//저것들, 통성명시키며 표정이 진지하시다

–「할머니의 교육법」 중에서

지금 내가 마시는 이 유리컵 속에는//내설악 한 채가 단풍으로 녹아있다//식도를 타고 흐르는 천불동 계곡 물소리

–「컵」 전문

온유하나 급진적이다//옳고 그름이 분명하다//스스로 참수에 드는 황홀한 자폭//서릿발, 붉은 향기가 무섭도록 단호하다//바닥에 나뒹굴면서도 두개골 수습해서//하얀 눈밭에 낙관 찍듯 박아놓고//겨울의 최전선에서//그 너머를, 꿈 꾼다

–「동백꽃 보고서」 전문

비 개인 오후, 고물상 고철더미//틈새를 빠져나온 고양이 새끼들//햇살을 뒤집어쓰고 고물고물 정겹다//고물상 건너 2차선 도로변에//술빵처럼 부풀어 오른 어미 고양이//햇살이 구더기처럼 오글오글 바쁘다

–「목탄화」 전문

만약에 내 사랑//대한민국이 없다면//내 시는 무국적자//떠도는

난민//죽어서 영혼마저도//돌아갈 곳 없으리

-「생각만 해도 슬프다」 전문

「할머니의 교육법」에서 할머니는 손주에게 일러준다. 실은 "그동안 박절하게 내치던 초록들"이었다. 그러나 "대놓고 미워해도 기죽지 않는 극성들" 앞에서 마침내 두 손 두 발 다 들고 인정하게 된다. 그래서 이젠 적극적으로 "저것들" 하고 정이 밴 말로 손주에게 "통성명시키며 표정이 진지하"게 된 것이다. 끈질김 앞에 할머니도 항복한 셈이다. 손주에게 통성명 시킨다는 것은 그 생명을 사랑하게 되었다는 뜻이다. 그 사랑을 이어주겠다는 의지가 눈물겹기까지 하다.

「컵」은 상상력의 산물이다. "지금 내가 마시는 이 유리컵 속에는 내설악 한 채가 단풍으로 녹아있다"라는 초장과 중장은 불현듯 떠오른 생각을 잘 포착한 것이다. 내설악 한 채가 유리컵 속에서 단풍으로 재현된 것이다. 이러한 상상만으로도 행복한 일이다. 그래서 종내 "식도를 타고 흐르는 천불동 계곡 물소리"까지 들리게 된 것이니, 자연과 사람의 일체화를 여기서 목도하게 된다. 그 물소리는 생명을 생명답게 한다. 자연친화적이라는 말의 참뜻을 깨닫게 되는 순간이기도 하다.

「동백꽃 보고서」는 회심의 역작이다. "온유하나 급진적"인 꽃, "옳고 그름이 분명"한 꽃이 동백꽃이다. 그는 "스스로 참수에 드는 황홀한 자폭"으로 "서릿발, 붉은 향기가 무섭도록 단호"한 꽃이다. 이렇듯 결연한 의지의 꽃이다. "바닥에 나뒹굴면서도 두개골 수습해서 하얀 눈밭에 낙관 찍듯 박아 놓고 겨울의 최전선에서 그 너머를, 꿈"꾸기를 그치지 않는 꽃이다. 여기서 "그 너머"는 키워드다. 구체적이지는 않지만 막연한 것도 아니다. 신춘희 시인은 이번 시조집에서 실체가 분명하지 않지만 그러나 엄연히 도래할 수 있는 "그 너머"라는 세계에 가닿기를 간절히 열망한다. 부단히 꿈꾸는 미답의 "그 너머"가 언젠가 혼란과 분열을 몰아내고 화평과 상생의 길을 열 것이라고 믿고 있는 것이다. 「동백꽃 보고서」에는 그러한 의지와 염원이 함축되어 있다. 다시 말하지만 그것은 실현가능한 세계다. 나아가기를 주저하지 않는다면 끝내 쟁취할 것이다.

「목탄화」는 천진난만한 동심의 세계다. "비 개인 오후, 고물상 고철더미"를 살피는데 "틈새를 빠져나온 고양이 새끼들"이 "햇살을 뒤집어쓰고 고물고물 정"겨운 것을 본다. 의태어 "고물고물"은 "고물상"에서 옮겨온 듯한 말로 여겨져서 더욱 정겹다. 이어서 화자는 "고물상 건너 2차선 도로변에 술빵처럼 부풀어 오른 어미 고양이"의 모성애를 엿보다가 "햇살이 구더기처럼 오글오글 바"쁜 것을 눈여겨본다. 그러나 두 수로 구성된 이 시는 희비극의 동화같다. 생사의 묘사가 시리도록 눈물겹다.

「생각만 해도 슬프다」는 직정인 만큼 간절하다. "만약에 내 사랑 대한민국이 없다면 내 시는 무국적자 떠도는 난민"

이라고 결의에 찬 발언을 한다. 국가가 있고 개인이 있다는 전제에 딱 들어맞는 말이다. 그렇기에 "죽어서 영혼마저도 돌아갈 곳 없으리"라고 끝맺는다. 최근 목도하고 있는 우크라이나 사태를 생각하게 한다. 죽어서 영혼마저 돌아갈 곳이 없는 나라가 되어서는 아니 될 일이다. 국가의 안위와 안보의 중요성을 이 단시조를 통해 절감한다.

**3.**

시인은 각 부의 끝마다 사설로 풀어나가야 할 대상을 긴 연시조에 담아서 애끓는 정조를 육화하고 있다. 험악한 세상을 헤쳐 나가고자 하는 뜻에서다. 10수 「신문에서 읽었다」, 14수 「어둠에 대한 통찰」, 10수 「그들은 누구를 위하여 총을 드는가」, 7수 「뜻대로 하소서」다. 이 작품들은 시조의 확장성이 어디까지 뻗어나갈 수 있는지를 보여준다. 그리고 신문에서 읽은 갖가지 급박한 기사를 형상화한 것이어서 절박하게 읽힌다.

> 천막용 천을 접어 임시 제단 차리고//모래가 담긴 일회용 종이컵에//싸구려 향을 피우고 사람들이 모였습니다//영정사진 대신 놓인 액자에는//-근조 대한민국 소상공인 · 자영업자//외롭고 고단한 글자들이 모여 있었습니다
>
> –「신문에서 읽었다」 중에서

부끄럽지만, 나와, 사랑하는 내 가족은//자유와 행복과 웃음을 박탈당하고//어둠 속 습지식물로 생을 마감할 지도 모른다

-「어둠에 대한 통찰」 중에서

인간도 아니다, 극단의 속수무책 앞에서//손가락으로 눈 찌르고, 귀에 말뚝 박고 싶다//가슴에 무덤을 파고, 시체로 눕고 싶다

-「그들은 누구를 위하여 총을 드는가」 중에서

죽을 권리를 쉽게 허락하지 마시고//증오마저 사랑으로 포근히 감싸//저들의 가슴 안쪽부터 온기가 들게 하소서

-「뜻대로 하소서」 중에서

「신문에서 읽었다」는 소상공인·자영업자들의 죽음을 노래하고 있다. 그들의 빈소는 초라하다. "천막용 천을 접어 임시 제단 차리고 모래가 담긴 일회용 종이컵에 싸구려 향을 피우고 사람들이 모"인 곳이다. 영정사진 대신 놓인 액자에는 "근조 대한민국 소상공인·자영업자"라고 적혀 있어 그 아픔을 더한다. 실로 "외롭고 고단한 글자들"이다. 신문은 이러한 아픈 소식을 통해 시대상을 읽게 한다. 나랏일을 한다고 나선 이들은 크게 관심을 두지 않는다. 한 소시민은 그렇게 우리로부터 멀어지고야만다.

「어둠에 대한 통찰」에서 우크라이나 화자는 "부끄럽지만, 나와, 사랑하는 내 가족은 자유와 행복과 웃음을 박탈당하

고 어둠 속 습지식물로 생을 마감할지도 모른다"라고 진술하고 있다. 차창을 스쳐가는 하늘이나 들판이 더 이상 평화롭게 보이지 않는다. 꽃들과 새들이 나를 증오하는 것으로 생각한다. 그래서 뼈에다 우국이라는 말을 편자처럼 박으려고 한다. 파국이 눈앞이다. 통찰한 어둠을 말끔히 걷어내는 길은 과연 없는지 시의 화자는 묻고 있지만 희망이 보이지 않는다. 어찌할 것인가?

「그들은 누구를 위하여 총을 드는가」에서 "인간도 아니다, 극단의 속수무책 앞에서 손가락으로 눈 찌르고, 귀에 말뚝 박고 싶다"라고 절박하게 토로하고 있다. 그래서 오죽하면 "가슴에 무덤을 파고, 시체로 눕고 싶다"고까지 했겠는가? 진실로 누구를 위하여 총을 드는가? 누구를 위하여 전장의 참혹한 현장을 누비고 있는가? 거대한 세력의 무한한 야욕이 불러일으킨 재앙이다.

「뜻대로 하소서」에서 화자는 "죽을 권리를 쉽게 허락하지 마시고 증오마저 사랑으로 포근히 감싸 저들의 가슴 안쪽부터 온기가 들게"해주시기를 간구한다. 인간의 한계 너머에서는 신의 힘을 믿는 길밖에 없기에, 가슴 안쪽부터 온기가 들면 막막한 어둠이 걷히면서 포화가 그치고 평화가 도래할지도 모른다는 일말의 희망을 간구 안에 쏟아 붓고 있는 것이다. 정말 뜻대로 하심에 전적으로 의탁하고 있다.

## 4.

지금까지 신춘희 시인의 작품세계를 살폈다. 전편에서 따뜻한 인간애가 흐르고 있다. 앞서 언급한 「동백꽃 보고서」 둘째 수 종장 후구에서 이 시조집의 비밀스러운 장치가 있는 점을 다시 상기할 필요가 있다. "그 너머"를 꿈꾸는 일이기 때문이다. "겨울의 최전선"에서도 시인은 지금 보이는 지평선이 아니라 "그 너머의 세계"에 대한 열망과 개척의지를 표출하고 있다. 이것은 단순한 의지가 아니라 삶과 세계를 추동하는 에너지를 만들어내는 근원적인 힘이다. 이렇듯 시인은 끊임없이 꿈꾸면서 자신이 발 딛고 사는 주변 땅뿐만 아니라 지구촌 전체의 생존과 안위를 걱정하며 늘 기도하는 마음을 시조로 풀어내고 있다. 그 결정체가 이번 시조집 『어둠에 대한 통찰』이다.

신춘희 시인, 그는 근본적으로 평화주의자다. 전쟁이 사라지고 초원에 말과 소와 사자가 함께 뛰놀고 그 속에 사람들이 평화로이 어울려 지내는 세상을 꿈꾼다. 함께 노력하면 실현가능한 세계다.

그의 어기찬 시조사랑의 길에 광영이 늘 함께 하기를 마음 깊이 소망하면서 시조집 『어둠에 대한 통찰』의 상재를 크게 축하한다.

# 어둠에 대한 통찰

지은이 · 신춘희
펴낸이 · 유재영 · 유정융
펴낸곳 · 주식회사 동학사

1판 1쇄 · 2022년 7월 10일
출판등록 · 1987년 11월 27일 제10-149

주소 · 04083 서울 마포구 토정로53 (합정동)
전화 · 324-6130, 324-6131 | 팩스 · 324-6135
E-메일 | dhsbook@hanmail.net
홈페이지 | www.donghaksa.co.kr
www.green-home.co.kr

© 신춘희, 2022

ISBN 978-89-7190-833-4 03810

이 시조집은 울산광역시 울산문화재단 전문예술가 지원금을 받아 발간했습니다.
저자와의 협의에 의해 인지를 생략합니다.
잘못된 책은 바꾸어 드립니다.